BOKU WA KISS DE USO WO TSUKU VOL. 1

by Rei TOMA

Original Japanese edition published
in 2008 by Shogakukan Inc., Tokyo
French translation rights arranged with
Shogakukan Inc. through The Kashima Agency

Édition française
KAZÉ
45 rue de Tocqueville 75017 Paris
www.kaze-manga.fr

DIRECTEUR ÉDITORIAL
Raphaël Pennes
TRADUIT DU JAPONAIS PAR
Jacques C.
SUPERVISION ÉDITORIALE
Mehdi Benrabah

LETTRAGE & MAQUETTE
DIGITAL MANGA
SUPERVISION ET DESIGN
Clémence Perrot

DIRECTION ARTISTIQUE
Sébastien Rost
RESPONSABLE DE FABRICATION
Julie Baudry

Achevé d'imprimer en CE en août 2012
Dépôt légal : Septembre 2012

Soprano - Fin (paru dans le supplément du *Cheese!* de janvier 2006

SUMINE EST MA PETITE SŒUR JUMELLE. C'EST POUR ÇA QUE NOS VOIX SE RESSEMBLENT. ON N'A PAS LE MÊME NOM PARCE QUE NOS PARENTS ONT DIVORCÉ.
À part la voix, rien ne nous rapproche.
T'ES CHOQUÉE AU POINT D'EN PLEURER ?
NON, C'EST PAS ÇA...
EN FAIT...
J'AI COMPRIS ...
ALORS QU'IL DISSIMULAIT SA VOIX, IL CHANTAIT...
ET CHANTAIT ENCORE...
COMME POUR M'ATTIRER À LUI, MOI QUI ÉTAIS SEULE...
MERCI ...
JE T'ADORE ...

LA PETITE SOPRANO ...
C'ÉTAIT LUI...
ÇA, C'EST MA VOIX NATU-RELLE... ELLE EST POURRIE ...
VOIX HAUT PERCHÉE
Complexe n°3
J'AI PAS ENCORE MUÉ...
Je me force tout le temps à changer de voix...

TSU-KIYAMA... EUH...
JE...
...
ÉCOUTE ...
SST
DU PIANO ?
NE DIS RIEN.

SWIF
すっ
JE RÉALISE QUE JE PROFITAIS DE LA GENTILLESSE DE TSUKIYAMA...
PEU IMPORTE DE QUI IL EST AMOUREUX...
ÇA NE CHANGE RIEN À MES SENTIMENTS POUR LUI.
ÇA NE CHANGE RIEN AU FAIT QUE J'AI ENVIE D'ÊTRE AUPRÈS DE LUI...
IL DOIT LE SAVOIR !
VLAM
TSUKIYAMA !

...
DOM ぽつん
TOMOMI ?
TU NE VAS PAS EN SALLE DE MUSIQUE, AUJOURD'HUI ?
Su...
SUMINE ...
NON ...
GRIP
TOMOMI... TU SAIS POURQUOI KANADE EST TOUJOURS EN SALLE DE MUSIQUE ?
C'EST PARCE QUE...
EN FAIT ...
IL A UNE EXCELLENTE OREILLE, DONC POUR LUI, CHAQUE SON QU'IL ENTEND EST UNE NOTE.
DU COUP, ÇA LUI ARRIVE TRÈS SOUVENT D'EN AVOIR MAL À LA TÊTE. C'EST POUR ÇA QU'IL AIME ÊTRE SEUL.
AH BON ?
MAIS TOI, TU ES TOUJOURS AVEC LUI, PAS VRAI ?
C'est vraiment surprenant...

CE QUI M'A FAIT LE PLUS MAL, CE N'EST PAS QU'IL M'AIT CACHÉ QUELQUE CHOSE...
C'EST QU'IL REGARDAIT UNE AUTRE QUE MOI...
NON...
EN FAIT, CE QUE JE NE SUPPORTE PAS...
JE VEUX QU'IL ME REGARDE MOI...
TAP
JE N'ÉTAIS PAS À MA PLACE...
DANS CETTE SALLE...

T'ÉTAIS AU COURANT ET TU M'AS RIEN DIT ?
POURQUOI TU M'AS CACHÉ QUE C'ÉTAIT SUMINE QUI CHANTAIT ?
MAIS ATT...
T'AVAIS PAS ENVIE QUE JE DEVIENNE SON AMIE ?!
T'AVAIS PEUR QUE JE SOIS UN OBSTACLE ?
ESPÈCE D'IDIOT !!
ITSUYA...
VLAM
POURQUOI ÇA M'ÉNERVE AUTANT ?!
IL SUFFIRAIT DE LUI DEMANDER S'IL LA CONNAÎT ET S'IL EST AMOUREUX D'ELLE...
MAIS...

"ON PEUT VOIR LA SALLE AUDIOVI-SUELLE D'ICI !"
AH...
"ENCORE TOI ?"
J'AI TOUJOURS TROUVÉ ÇA BIZARRE QUE TSUKIYAMA SOIT TOUT LE TEMPS DANS LA SALLE DE MUSIQUE...
J'AI COMPRIS...
D'ICI...
IL POUVAIT OBSERVER SUMINE...
UN PRO-BLÈME ?
...
ALORS COMME ÇA...
TU OBSERVAIS D'ICI ?
OUPS...
BLUSH

MH ?
ELLE VIENT DE L'APPELER PAR SON PRÉNOM ...
C'EST QUOI...
CETTE EXPRES-SION...
SUR SON VISAGE ?
BOBOM
POURQUOI IL A CE REGARD SI DOUX ?
OH NON ...
MON CŒUR S'EMBALLE ...

J'AI RÉUSSI À DEVENIR AMIE...
AVEC LA PETITE SOPRANO !
KYAAH !
APEURÉ
ELLE EST VRAIMENT TROP MIMI !
AH, REGARDE ! ON PEUT VOIR LA SALLE AUDIOVI-SUELLE D'ICI !
JE SAIS PAS SI SUMINE ME VOIT DE LÀ-BAS ? ♡
VRRAT
カラカラ
TOMOMI !
TU L'AS ENTENDUE ? REGARDE !
Regarde comme elle est mimi !
Ah plus.
AH.
KANADEEEE !!

LES JOURS DE VENT, JE DEVRAIS ÉVITER D'OUVRIR LA FENÊTRE !
MES PARTITIONS SE SONT ENVOLÉES !
1M47
QUE... QU'EST-CE QU'ELLE EST MIGNONNE !!
TELLE QUE JE L'AVAIS IMAGINÉE ! NON, ENCORE MIEUX !!
ET CETTE VOIX DE SOPRANO, PAREILLE AU SON DES CLOCHETTES !!
JE SUIS EN PRÉSENCE D'UN ANGE ! UN ANGE !!
Contente.
EXCUSE-MOI...
JE M'APPELLE TOMOMI ITSUYAMA. EST-CE QU'ON PEUT DEVENIR AMIES ?
BOBOM
BOBOM
ET DONC VOILÀ...
SALLE DE MUSIQUE

AH !! C'EST LA PETITE SOPRANO !!
Vraiment magnifique...
AH !
FLAP ヒラ
FLAP ヒラ
FLAP ヒラ
OH, NON... JE SUIS DÉSOLÉE !!
C'EST ELLE, LA PETITE SOPRANO !!
MERCI INFINI-MENT.
SALLE AUDIOVISUELLE
CE N'EST RIEN...
CETTE VOIX...
JE M'APPELLE SUMINE KIJIMA. JE SUIS EN SECONDE.
JE VIENS TOUJOURS RÉPÉTER À LA FLÛTE ICI, MAIS...

Parce qu'il a une naissance de cheveux bizarre...
J'AI ENVIE DE PASSER PLUS DE TEMPS AVEC LUI ...
Arrête ! Je vais plus pouvoir le regarder en face, en cours !
HAA...
QUOI ?
CES DERNIERS TEMPS, JE N'ENTENDS PLUS LA VOIX DE LA SOPRANO...
QU'EST-CE QUI A BIEN PU SE PASSER ? ÇA ME MANQUE ...
FYUUH
FLAP
AH, MINCE ! C'EST TOMBÉ !
FLAP
FLAP
CLAC
VLAM
JE VAIS LE CHERCHER, JE REVIENS !
TAP
TAP
TAP
...
Le voilà.

EN PLUS, DEHORS, ÇA CAILLE …
MON CŒUR TAMBOURINE DE PLUS BELLE…
BLUSH
カァ
…
J'ACCEPTE.
ET ME SERRE TRÈS FORT.
JE NE PASSE PLUS MES PAUSES DÉJEUNER SEULE, MAIS AVEC LUI.
Tu bois du lait…
pour pouvoir grandir ?
Pose pas de questions.
PFUH !
J'AIMERAIS TELLEMENT QUE LA PAUSE SOIT PLUS LONGUE…
TOUS LES JOURS, J'ATTENDS ÇA AVEC IMPATIENCE.
Morita, le prof de maths, il a une perruque.
Hein ?! T'es sérieux, là ?!

BLUUUUSH
かかかっ
N... NON !
C'EST RIEN ! ÇA VA ALLER, J'TE DIS !
BLONG
Dans le mille à bout portant !!
C'EST PAS VRAI, À CAUSE DE LUI, MON CŒUR BAT LA CHAMADE !
COMMENT ÇA SE FAIT ? JE COMPRENDS PAS... ÇA ME FAIT PEUR...
BOBOM
BOBOM
Moi, par contre, ça va moyen...
HÉ, DIS ...
TU DEVRAIS RESTER ICI...
POUR DÉJEUNER...

VOTRE CAFÉ …
Poule mouillée
maître…
Comment ça, "maître" ?
TIENS.
BRR
GRAP
CLOUPS
?!
TA MAIN …
ELLE EST GELÉE.
HAA…

DOM
ぽつん…
OUAIS !
Ha ha ha ! Et tu sais quoi ?
Sérieux ?
OUAIS ,
VYUM
ひゅう…
J'ai froid…
ELLES SONT TOUTES DANS MA CLASSE… LA CHANCE …
PLOC
OUILLE !
QU'EST-CE QUE C'EST ?!
FLAP
Va me chercher une canette de café.
HUIP
HUIP
"VA ME CHERCHER" ?! IL SE PREND POUR QUI, LUI ?
IL A VRAIMENT CRU QUE J'ÉTAIS SA BONNE ?!
HA HA HA ! JE SAIS ! JE VAIS LUI PIQUER SON ARGENT !
Son côté mesquin se dévoile
COFFEE
BES

C'EST... C'EST PARCE QUE... C'EST COMME... UN BAISER INDIRECT...
GRMBL
GRMBL
BFOUH
T'ES...
T'ES BÊTE, OU TU LE FAIS EXPRÈS ?
TU CROIS QUE J'EN AI QUELQUE CHOSE À FAIRE, PEUT-ÊTRE ?
Moi, si...
FUIP
OH ?
BOBOM
SES OREILLES SONT ROUGES...
BOBOM
ÇA LE GÊNE AUSSI ?
...
BOBOM
Hi hi...
C'EST MIGNON...
BOBOM
DEPUIS, À CHAQUE FOIS QUE J'AI ENTENDU CETTE VOIX, CE N'ÉTAIT TOUJOURS PAS TOI, Ô PETITE SOPRANO, QUE JE VOYAIS, MAIS KANADE TSUKIYAMA.

DEÇUE
C'EST QUOI, CETTE TÊTE ?
GRR
TOUJOURS PAS...
C'EST PAS JUSTE ! OÙ TE CACHES-TU, Ô PETITE SOPRANO ?
PFF !
PLAF
J'ÉTAIS PERSUADÉE QUE JE LA VERRAIS, AUJOURD'HUI !
"Ô petite soprano"... Ridicule...
HÉ ?! OÙ EST MON PAIN AUX HARICOTS ROUGES ?
T'ES LONGUE À LA DÉTENTE, COMME NANA...
MH ?
HÉ !
MIOM
BLUUSH
MAIS... T'ES PAS GÊNÉ, TOI !
ROOOH, ÇA VA ! C'EST JUSTE UN OU DEUX COUPS DE CROCS DANS TON PAIN...
T'en fais un peu trop...

COMPLEXÉ
AHEM... NON... NON RIEN...
AU REVOIR !
FYUT ひゅん
C'EST...
C'EST QUI, CE TYPE ?! IL FAIT PEUR POUR UN PETIT !
1M63
1M62
C'est qui, le "petit" ?!
2e mot tabou. 2e complexe.
L'ENTEN-DRAI-JE, AUJOURD'HUI ?
MIOM MIOM
PAIN AUX HARICOTS ROUGES
AH !!
C'EST ELLE !
SALLE DE MUSIQUE
VLAM
EX-CUSE ...

QU'EST-CE QUI SE PASSE ?!
FOAM
VLAM
JE NE SUPPORTE PAS LE GRINCEMENT DES PORTES.
HEIN ?
QUAND TU L'OUVRES, FAUT LA REFERMER.
C'est la moindre des choses.
Il fermait seulement la porte
AH BAH D'ACCORD…
ET DONC ? T'ES QUI, TOI ?
BOBOM
BOBOM
EST-CE QUE TU CONNAIS LA FILLE QUI CHANTE ICI ?
Elle a une belle voix de soprano…
FWIP
NAAAN…
Ah, je vois…
GLOUPS
GLOUPS
JE… JE M'APPELLE TOMOMI ITSUYA, JE SUIS EN SECONDE. ET TOI ?
KANADE TSUKIYAMA.
Seconde.
KANADE…
OOH, C'EST MIMI, COMME PRÉNOM !

JE...
JE ME SUIS TROMPÉE !
DÉ... DÉSOLÉÉÉÉÉ !! EUUUH...
Je...
KWI!!
KWI!!
POF
HEIN ?
GLUPS
TAP
TAP
QU'EST-CE QUE...
QUOI ?!

LA VOILÀ !
EX... EX- CUSE- MOI !!
TU VEUX BIEN ÊTRE MON AM...
ET TOI, TU VEUX BIEN ARRÊTER TON BOUCAN D'ENFER ?
GRR

JE ME DEMANDE À QUEL GENRE DE PERSONNE APPARTIENT CETTE VOIX…
À L'ENTENDRE, ELLE DOIT SÛREMENT ÊTRE JOLIE …
ET PUIS…
ELLE DOIT ÊTRE GRACIEUSE, DÉLICATE, GENTILLE… CHAQUE DIMANCHE MATIN, ELLE DOIT SÛREMENT ÉCOUTER "LE BEAU DANUBE BLEU" DE STRAUSS, TOUT EN PRENANT UN CROISSANT ET UN CAPPUCCINO, EN COMPAGNIE D'ELIZABETH, SON CHAT SIAMOIS…
VISION
SON PASSE-TEMPS SERAIT LE TRICOT ET LA BRODERIE… SA FLEUR PRÉFÉRÉE EST SÛREMENT…
HU HU HU HU…
EN PLEINE RÊVERIE
Adore ce qui est mignon
J'AIMERAIS TELLEMENT ÊTRE SON AMIE…
ALLEZ ! IL FAUT QU'ON SOIENT AMIES !
BON, C'EST DÉCIDÉ !
COURAGE, TOMOMI !
Les présentations sont faites
BOBOM どき
BOBOM どき
Déjà en stress
SWIP すくっ
SALLE DE MUSIQUE
DAP DAP DAP DAP
VLAM

C'EST LE SEUL MOMENT...
DANS LA JOURNÉE...
OÙ UN SOU-RIRE SE DESSINE SUR MON VISAGE...

SNIF
MALGRÉ TOUT...
C'EST ELLE ...
ENCORE CETTE VOIX !!
UNE VOIX DE SOPRANO...
CLAIRE, PRESQUE DIAPHANE...
AUSSI DOUCE QUE BELLE...

SHRACH
カサ
POM すとん
...
BOBOM どき
JE ME SUIS ENCORE PRIS UNE RÉFLEXION, J'AI PAS RÊVÉ ?!
AARGH !
BOBOM どき
BOBOM どき
À CAUSE DU TRAVAIL DE MON PÈRE, J'AI ÉTÉ FORCÉE DE CHANGER DE LYCÉE.
Je veux pas être muté tout seul...
Transférée dans un autre lycée ?!
À un moment pareil ?!
QUAND ON EST VENUS ME PARLER, J'ÉTAIS SUPER CONTENTE, MAIS TELLEMENT NERVEUSE QUE MON VISAGE S'EST FIGÉ...
Bah quoi ?
GLANG ギラッ
BOBOM
GLOUPS
Non... Rien...
Un soi-disant sourire
RÉSULTAT : ON A EU PEUR DE MOI ET DES RUMEURS COMME QUOI J'ÉTAIS FROIDE ET ASOCIALE ONT CIRCULÉ.
ALORS QU'EN VÉRITÉ...
C'EST FAUX !!
JE VEUX ME FAIRE DES AMIS !!
OUIIIIIN !
C'est en fait une grande timide
VOILÀ POURQUOI JE VIENS MANGER MON BENTÔ TOUTE SEULE DANS LA COUR DE L'ÉCOLE...
LOVELY♡CAT
PLOC
Elle possède tout un tas de choses plutôt fantaisistes

IL Y A QUELQU'UN QUI ATTIRE MON ATTENTION…
UNE PERSONNE QUI A CAPTURÉ MON CŒUR…
ET QUE J'AIMERAIS RENCONTRER…
C'EST PAS LA FILLE QUI A ÉTÉ TRANSFÉRÉE EN DÉCEMBRE, LÀ-BAS ?
ON DIT QU'ELLE SE LA PÈTE, MAIS JE TROUVE QU'ELLE FAIT FLIPPER, MOI !
QUAND J'AI VOULU LUI CAUSER, ELLE M'A DÉVISAGÉE… JE TE DIS PAS !
C'EST TOUJOURS COMME ÇA, AVEC LES FILLES UN PEU JOLIES !
ATTENDS, ÇA RES-SEMBLE PAS À UN PRÉJUGÉ, ÇA ?
HA HA HA HA !

Soprano
Soprano

Ce n'est pas tout à fait la fin du tome,
mais c'est ici que je vous dis,
à la prochaine !

Je digresse un peu, mais moi-même ayant le yeux très plissés, j'envie beaucoup les yeux de panda.

MERCI À VOUS TOUS !

Je lis toujours avec grand plaisir vos lettres !
Découvrir vos commentaires et vos ressentis me met toujours le sourire aux lèvres !

↓↓↓

Rei Toma

Pour vous servir ! ☆

Rei Toma
Service éditorial Cheese!
Shogakukan
2-3-1 Hitotsubashi
Chitoda-ku
101-8001 TOKYO

SI TOI ET MOI ALLIONS PLUS LOIN QUE ÇA ?
VÉRIFIONS ÇA TOUT DE SUITE...
Mysterious Honey 1 ~ Fin

TU DÉSIRES PEUT-ÊTRE QU'ON TE MALMÈNE ?
SI UN SIMPLE BAISER TE FAIT AUTANT D'EFFET ...
QU'EST-CE QUI ARRIVERAIT ...

MAIS IL NE M'INS-PIRE QUE DE LA DOU-LEUR ...
OU ALORS ...
LE SOURIRE DE MIKOSHIBA...

C'EST LA PREMIÈRE FOIS QUE JE VOIS ...
ÇA ME DONNE ENVIE DE TE MALMENER UN PEU ...

ET SI C'ÉTAIT CE TYPE EN SECONDE ?
OU MOGAMI ?
SI C'EST SHINODA, APPAREMMENT, ÇA TE FAIT DE L'EFFET...
C'EST FORMER UN MIGNON PETIT COUPLE AVEC L'AUTEUR DE CE BAISER QUI T'INTÉRESSE ?
C'EST STUPIDE AU PLUS HAUT POINT !

HA HA !
QUE...
ALORS ...
QUE SE PASSERAIT-IL SI C'ÉTAIT MOI QUI T'AVAIS EMBRASSÉE, HM ?

TU ES TELLEMENT OBSÉDÉE PAR CE BAISER …
QUE TU NE PRÊTES AUCUNE ATTENTION AUX SENTIMENTS DES AUTRES !
CE…
C'EST LOIN D'ÊTRE UN SIMPLE BAISER SANS IMPORTANCE !

POUR UN MALHEUREUX BAISER INSIGNI-FIANT !
QUAND TU T'AFFOLES AVEC TES "POURQUOI ?" "COMMENT ?"... ÇA M'ÉNERVE !
MIKO...
TOI !
TU NE PENSAIS QU'À CHOUINER...
SANS MÊME VOIR QUE JE ME PRENAIS LA PLUIE DERRIÈRE TOI !

PTAK
TU BATS TOUS LES RECORDS DE STUPIDITÉ, TOI !
QUOI ?
TOUT CE FOIN ...
TU M'AGACES !
GRIP

CE QUE TU PEUX ÊTRE BÉCASSE…
TU… TOI, TU SAIS QUI M'A EMBRASSÉE, NON ?
DIS-LE-MOI, S'IL TE PLAÎT …
AH…
TU… TU ES TOUT MOUILLÉ… ALORS QUE LE PARAPLUIE …
GRR
DÉSOL…

ET J'AI... TELLEMENT HONTE...
JE REGRETTE DE LUI AVOIR POSÉ LA QUESTION... ET...
PLUS QUE TOUT...
JE SUIS TRISTE...
DE SAVOIR QUE CE N'EST PAS LUI.

GNNH…
AU FOND DE MOI…
J'ÉTAIS PERSUADÉE QUE C'ÉTAIT SHINODA QUI M'AVAIT DONNÉ CE FAMEUX BAISER.
OR…
APPAREMMENT, CE N'ÉTAIT PAS LE CAS.

MIKOSHIBA ?!
TU PLEURES ?
DU... DU TOUT ! C'EST LA PLUIE.
AH OUI ? TES YEUX SONT ROUGES QUAND IL PLEUT, C'EST ÇA ?
C'EST ÇA !
JE PARIE QUE C'EST ENCORE LA FAUTE DE SHINODA.

UNE VRAIE...
BOURRIQUE...
J'AI HONTE...
QU'EST-CE QUE JE VAIS BIEN POUVOIR LUI DIRE QUAND ON SE REVERRA ?
IMBÉCILE ...
IMBÉCILE ...
IMBÉCILE !
SHPLAK
SNIF
SNIF
SST

J'ÉTAIS SÛRE...
QUE C'ÉTAIT SHINODA...
MAIS, SÉDUITE PAR SA GENTILLESSE...
JE ME TROMPAIS...
TOUT ÇA N'ÉTAIT QUE DE LA PRÉTENTION ?
"C'EST UN PRÉTEXTE POUR TE REVOIR QUAND TU ME LE RENDRAS."
QUELLE IMBÉCILE ...
JE SUIS.

SHINODA ?
PAR...
PARDONNE-MOI.
À PLUS !
CE N'EST PAS CE QUE JE...

?!
MÊME SI C'ÉTAIT LE CAS ...
CE N'EST PAS UNE RAISON, POUR MOI...
QUELLE ARROGANCE DE TA PART !

POURQUOI ...
AURAIS-JE À T'EMBRASSER ?
HEIN ?
PARCE QUE TU ME PLAIS ?

EH BIEN
...

CETTE SENSATION SUCRÉE...
DIS... EST-CE TOI QUI M'AS EMBRASSÉE ?

IL SE MET À BATTRE…
À UNE VITESSE FOLLE.
S'IL TE PLAÎT…
J'AIMERAIS T'ENTENDRE…
ÇA NE LOUPE JAMAIS…
IL SUFFIT D'UN MOT DE SA PART.
RIRE ENCORE UNE FOIS.

SI JE PEUX CONTINUER À ME DÉLECTER DE CETTE EXPRESSION ...
JE SUIS PRÊT À DÉCHIRER AUTANT DE PAGES QU'IL LE FAUDRA.
MON CŒUR...

PFF !
MAIS C'EST PARCE QUE T'ÉTAIS TROP BIZARRE !
C'EST QUOI, CETTE RÉACTION ?
PFF !
D'HABITUDE, T'AURAIS GARDÉ LA FACE, NI VU NI CONNU !
Ça va, tu n'es pas blessée ?
Vision de Meiko
OUI, MAIS LÀ, MÊME POUR MOI, C'EST PAS POSSIBLE...
ÇA FAIT UN MAL DE CHIEN !
HU HU...
HU HU...
PAR CONTRE...

... VA ?
AÏEUUUH ! ÇA FAIT VACHE-MENT MAL !!
EN PLEIN DANS LE MILLE ! JE ME SUIS PRIS UN COIN OU UN TRUC COMME ÇA !
AÏE ! JE VAIS PERDRE MES CHE-VEUX !
Je meurs !
SHINO ...
...
PFF !
HU HU...
HI HI...
...
PFOUAH ! PFUH HU...
HA HA HA HA!
HA HA HA HA!
TU TROUVES ÇA DRÔLE ?

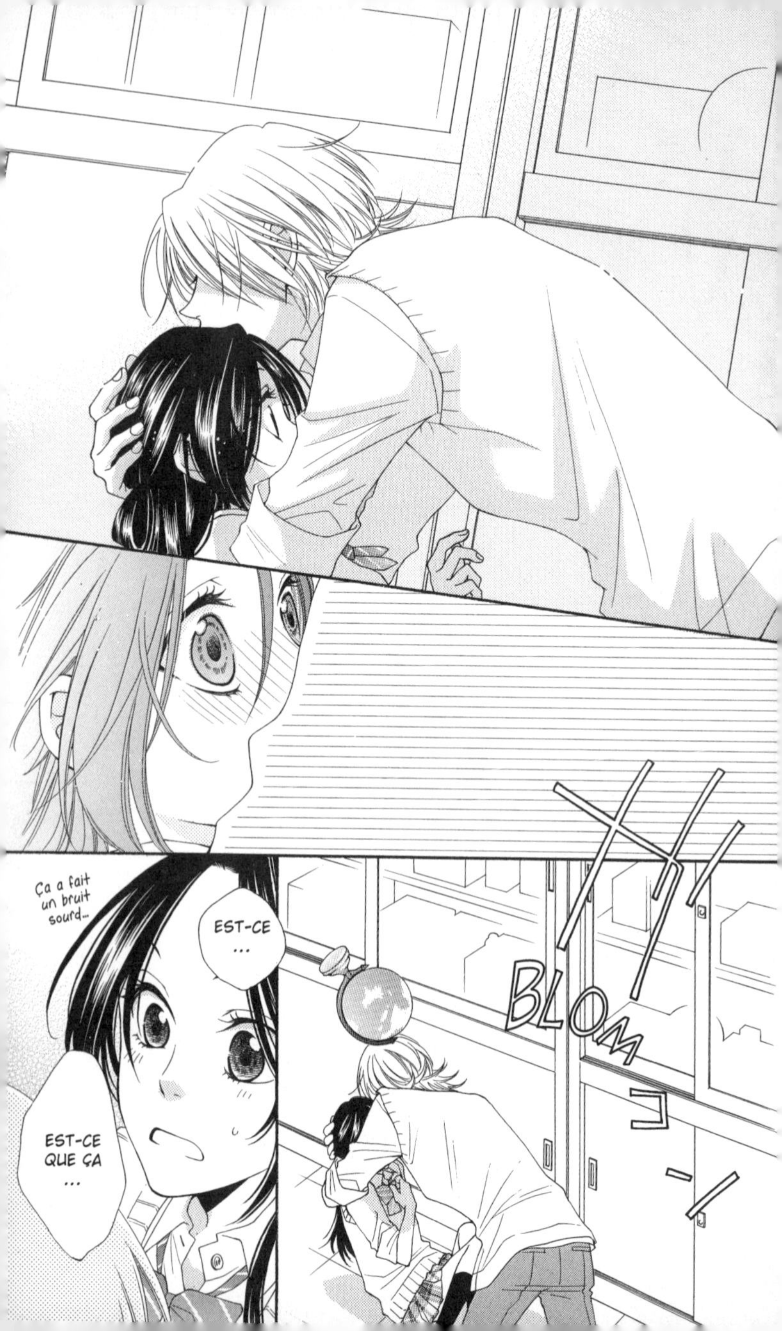
BLOM
EST-CE ...
EST-CE QUE ÇA ...
Ça a fait un bruit sourd...

PLAF
OUPS !
PLAK
PFH...
OH NON !!
C'EST PAS VRAI !!
WAH HA HA HA HA!!
QU'EST-CE QU'ON VA FAIRE ?
VA FALLOIR RECOLLER, Y A PAS LE CHOIX.
Ce serait bien de s'excuser aussi...
WUIF
CLANG
ATTENTION !
MH ?

CRIIITCH
C'EST PAS VRAI !!
GRAP
HÉ !
VRRAT
DITES, UN PEU MOINS DE BRUIT.
LA BIBLIOTHÈQUE N'EST PAS UN LIEU OÙ VOUS ...
NON MAIS DITES VOIR ! VOUS VOULEZ UN COUP DE MAIN ?!
EXCUSEZ-NOUS !
Courage : fuyons !
TAP TAP TAP
SALLE DES SCIENCES DE LA TERRE
HÉÉ BEN...
ON L'A DÉCHIRÉ ...
C'est...
C'ÉTAIT PAS LA PEINE DE S'ENFUIR...

TU ES SUR LA MÊME PAGE DEPUIS TOUT À L'HEURE...
AH...
SHI-NODA !!
Depuis quand es-tu là ?!
ENCORE EN PLEIN ROMAN POLICIER, À CE QUE JE VOIS !
TIENS ! ET SI JE TE GÂCHAIS LE SUSPENSE EN TE LISANT LE DERNIER PARAGRAPHE DU BOUQUIN ?
QUOI ?
"ET MICHIRU REPENSA À CE QUI S'ÉTAIT PASSÉ CE SOIR-LÀ...
NOOON !!
NOOON !
NOOON !
MAIS...
ARRÊTE ÇA !!
COMMENT NE M'EN ÉTAIS-JE PAS RENDU COMPTE AVANT ?
NOOON !!
LE COUPABLE N'EST AUTRE QUE..."
NOOON !!

EUH…
BONJOUR !
GWIP
ALLEZ, DIS BONJOUR, TOI AUSSI !
TU ME FAIS MAL, LÀ…
BONJOUR !
SALUT …
OUF…
ILS NE M'EN M'ONT PAS TENU RIGUEUR ET SONT COMME D'HABITUDE…
FIOU…
MEIKO…
CDI

QUE PENSE SHINODA...
DE CE QUI S'EST PASSÉ HIER ?
"C'EST PARCE QUE JE T'AIME."
"MOI AUSSI, JE SUIS UN HOMME."
MOGAMI ...
HACHIYA ...

N... NON...
ÇA ME RASSURE... TIENS.
JE TE LE PRÊTE.
HEIN ?
M...
MAIS...
C'EST UN PRÉTEXTE POUR TE REVOIR...
QUAND TU ME LE RENDRAS.
À plus !
LA PERSONNE DONT JE SUIS TOMBÉE AMOUREUSE...
SHPLAK
SHPLAK
SHPLAK
A TOUJOURS LE SOURIRE AUX LÈVRES...
ET EST D'UNE GRANDE GENTILLESSE.
POURTANT... ELLE EST MYSTÉRIEUSE.
JE NE SAIS PAS...
COMMENT RÉAGIR...

SPLASH
T'ES PAS
TREMPÉE
?

SALUT, TOI !
SSSHHH
POUR-QUOI…
BOBOM
T'ES PARTIE SU-BITEMENT, HIER ?
PA… PARCE QUE…
ENFIN, CE N'EST PAS GRAVE …
MÊME SI TU ME FUIS À CHAQUE FOIS…
?
J'AIME TON CÔTÉ CHAT PAS ENCORE TOUT À FAIT APPRIVOISÉ …
SSSHHH

AH !
ET PUIS J'AI OUBLIÉ MON PARAPLUIE DANS LE TRAIN !
J'étais ailleurs...
Ça arrive souvent...
JE N'AI PAS RÉUSSI À DORMIR, HIER SOIR.
FOUAAH
PARTAGÉE ENTRE LA HONTE ET LE REGRET ...
SST
COMMENT JE VAIS FAIRE...
GRAB
OUAAH !!

QU'EST-CE QUE...
NE TE LAISSE PAS TENTER PAR N'IMPORTE QUI !
BLUSH
AH...
MAIS À QUOI JE PENSAIS, MOI ?
MEIKO ?
TAC
SA...
JE ME FAIS DES FILMS TOUTE SEULE...
WUIT
SALUT !
DASH
C'EST LA HOOOOONTE !

À QUEL POINT JE SUIS AMOUREUSE DE SHINODA...
GRIP
OUILLE !
MAIS...
MEIKO...

Mysterious Honey

Mon ancienne responsable éditoriale aimait beaucoup Mikoshiba et avait pris l'habitude de l'appeler "Miko sama"*. Du coup, c'est devenu contagieux et aujourd'hui, je me prends à dire à une amie qui vient m'aider :
"Ah, tu peux faire le remplissage des cheveux de Miko sama ?" (rires) C'est devenu son petit surnom.

D'habitude, je demande à une amie de venir m'assister pendant quelques jours et nous travaillons donc à deux. Au bout d'un moment, quand la fatigue se fait sentir, nous nous déconcentrons et nous laissons aller à nos rêveries. Un jour où nous avons donné libre cours à notre imagination, nous avons commencé à réfléchir à l'adaptation live de *Mysterious Honey.* C'est un jeu où nous nous amusons à incarner les directrices de casting. (rires)
Cependant, nous ne nous y connaissons pas beaucoup en célébrités et nous n'arrivons pas au bout de ce jeu... Nous nous sommes donc tournées vers l'adaptation animée et le casting des doubleurs, mais encore une fois, sans succès... Nous ne sommes pas des plus... compétentes. Depuis, nous avons arrêté ce petit jeu. (rires) Au final, ce sont nos choix de casting qui étaient risibles, tant les voix des grands doubleurs de l'époque n'avaient rien à voir avec celles de mon manga...
Il faut dire que notre imagination avait bel et bien perdu les pédales.
Si vous voulez, vous pouvez, vous aussi, vous essayer à ce jeu...
(ou pas.)

★ ★ ★

* "SAMA" EST UN SUFFIXE HONORIFIQUE EN JAPONAIS.

Mysterious Honey
Quatrième baiser

Vu que ce manga met en scène quatre jeunes hommes, je serais curieuse de savoir si vous trouvez votre bonheur ? (rires) Mon premier manga avait pour titre *S no yuiitsu M no zettai* et présentait aussi des héros du genre “mâle dominant”. Aussi, dans certaines lettres que je reçois, on me demande si je ne suis pas soumise/dominée... (rires) Disons que je me sens autant dominée que dominante... Et les hommes dominants ne sont pas forcément mon genre ! (rires) Les personnages masculins en 2D que je préfère sont souvent les beaux gosses malchanceux, qui entretiennent un amour secret pour l'héroïne et qui n'arrivent jamais à l'avouer... (ça existe, ça ?)
Généralement, je préfère les personnages secondaires aux personnages principaux, pour leur côté ordinaire et leur vulnérabilité. Je n'ai pas non plus de célébrités dont je suis particulièrement fan, mais il y a quelques personnes que j'aime beaucoup, beaucoup. Et quand j'en ai parlé à mon éditrice, celle-ci m'a rétorqué : “tu n'as rien de plus beau gosse à proposer ?” (rires) Euh... Que dois-je en conclure ?!

★ ★ ★

CE QUI VEUT DIRE...
MEIKO ?
QUE J'AI RÉELLEMENT DES SENTI- MENTS...
POUR LUI ...

SI JE NE TROUVE PAS ÇA DÉSAGRÉABLE D'ÊTRE AUSSI PRÈS D'UN GARÇON...
C'EST PARCE QU'IL S'AGIT DE SHINODA ET PAS D'UN AUTRE.

COMBIEN DE TEMPS VA-T-ON ENCORE RESTER SEULS ?
SOMMES-NOUS …
SUR UNE GRANDE ROUE ? SUR DES MONTAGNES RUSSES ? JE N'ARRIVE PAS À SAVOIR…
PAR CONTRE …
JE SAIS UNE CHOSE …
PLUS FORT…
ENCORE PLUS FORT…
TOUJOURS PLUS FORT …

ON EST JUSTE DANS UNE GRANDE ROUE ...
MAIS TOUT EN MOI ME DONNE L'IMPRESSION ...
D'ÊTRE EN PLEINES MONTAGNES RUSSES !
MON CŒUR ...
EST SECOUÉ DANS TOUS LES SENS ...

CETTE POSTURE ?
C'EST COMME TOUT À L'HEURE ?
ON EST SEULS...
JE SUIS À DEUX DOIGTS DE ME METTRE À TREMBLER...
MA FIÈVRE MONTE...
J'ENTENDS MON CŒUR BATTRE LA CHAMADE...
ÇA Y EST ?
JE TREMBLE ?

QU'EST-CE QUE VOUS FAISIEZ...
DANS CETTE POSTURE ?
HEIN ?

TU AIMES LA HAUTEUR ?
JE CROIS …
QUE OUI… ?
AUJOURD'HUI…
HA HA !
T'AS PAS L'AIR SÛRE DE TA RÉPONSE !
IL S'EST PASSÉ BEAUCOUP DE CHOSES…
MAIS CE QUI M'A LE PLUS BOULEVERSÉE…
CLANG
DIS, MEIKO …

TU ES REPARTIE POUR UN TOUR ...
GRIP きゅ
!

ZWIIIF
JE PRENDS LE RELAIS !
C'EST LA FIN DU PREMIER TOUR !
...
CLAP
TAC
AH...
POF

RIEN NE M'EMPÊCHE DE L'EMBRASSER.
PAS...
PAS ÇA !
CLAC
ガチャ
TERMINUS !

DÉSOLÉ DE TE L'AP-PRENDRE ...
MAIS MOI AUSSI, JE SUIS UN HOMME.
GRIP
J'AI PLUS DE FORCE QU'UNE FILLE ...
ET SI LE CŒUR M'EN DIT ...
QUOI ?

C'EST TA FAÇON DE ME FAIRE COM-PRENDRE ...
QUE JE SUIS PAS DANS LA COURSE ?
DE LA MÊME MANIÈRE QUE TU AS UN COMPLEXE VIS-À-VIS DE TES YEUX ...
J'AI DU MAL AUSSI AVEC LES MIENS, ET AVEC MON VISAGE ...
AH... PARDON ...
MAIS JE SAIS QUE TU N'AS PAS VOULU DIRE ÇA POUR ME BLESSER ...
ET LE FAIT QUE TU T'EN SOUCIES COMME TU VIENS DE LE FAIRE ...
JE TROUVE ÇA CRAQUANT.

CELUI… QUE J'AIME…
LEQUEL…
ÇA VA ?
GLOUPS
EUH …
AH !
MAIS AU FAIT ! JE DOIS M'EXCUSER !
JE T'AI TRAÎNÉ JUSQU'ICI …
MAIS BON, TU VOIS… TU ES MIMI …
ALORS DU COUP …
COMMENT ÇA ?
MES YEUX PLISSÉS ME DONNENT UN AIR SÉVÈRE…
TOUT LE CONTRAIRE DE TES YEUX À TOI…
MAIS POURQUOI JE SUIS AUSSI NERVEUSE, MOI ?
JE TE VOIS PAS COMME UN HOMME …
MAIS PLUTÔT COMME UN PETIT GARÇ…
CLANG

"C'EST PARCE QUE JE T'AIME."
"MEIKO..."
N... NON.
JE NE SORS AVEC AUCUN DES DEUX.
DANS CE CAS...
LEQUEL AIMES-TU ?

MON CORPS...
TREMBLE...
... ZONO !
HÉ, KITAZONO !
TU VEUX MONTER DEDANS ?
AH.
EUH...
LA GRANDE ROUE...
...
GWOM ゴウン
DIS...
GWOM ゴウン
GWOM ゴウン
JE T'AI JAMAIS VRAIMENT ADRESSÉ LA PAROLE, MAIS PUIS-JE TE POSER UNE QUESTION ?
VAS... VAS-Y.
EST-CE QUE TU SORS AVEC SHINODA ?
AH !
BLUSH
J'AI FAUX ?
AVEC MOGAMI, ALORS ?

HEIN ?
OÙ EST-CE QUE TU M'EMMÈNES ?!
JE NE DOIS SÛREMENT PAS...
ÊTRE NETTE !
IL SUFFIT...
QUE JE VOIE SON VISAGE...
PFF !
Eh ben...
Hachiya, t'as pas le droit !
QUE J'ENTENDE SA VOIX...
POUR QU'UNE FIÈVRE M'ENIVRE...

OUI, ENFIN ...
SI TU N'AVAIS PAS ÉTÉ LÀ, JE SERAIS PAS VENU.
QU'EST-CE QUE ÇA VEUT DIRE ?
MEIKO...
ET SI ON ALLAIT S'AMUSER ?
BLUUUUUSH
AHEM...
C'EST PAS VRAI...
On...
JE SUIS...
ON Y VA !

COUCOU, TOI !
TIP
MEIKO !
BLUSH
HÉ...
QU'EST-CE QU'ON VIENT FAIRE ICI ?
'lut !
Tu fais tache dans un parc d'attractions, Kyô !
MIKO-SHIBA ?
HACHIYA ?
QU'EST-CE QUE VOUS FOUTEZ TOUS LÀ ?
DISONS QUE...
SHINODA ET MIKOSHIBA M'ONT PRIS EN OTAGE ...

CETTE VOIX... SHINODA !!
QUE FAIT-IL ICI ?

QUOI ?
SWIF
SON VISAGE AUX BORDS DES LARMES EST JOLI AUSSI...
QUE...
ALORS J'INTERDIS QUICONQUE D'AUTRE QUE MOI DE LE REGARDER ...

MAIS... CE N'EST PAS LUI...
CETTE SENSATION AU MOMENT DE CE DOUX BAISER SUCRÉ...
JE NE LA RESSENS PAS...
EXCUSE...
POURTANT, JE SUIS TOUCHÉE PAR SA SINCÉRITÉ ...
BOBOM
NON, C'EST MOI... QUI SUIS...
BOBOM

JE SUIS TOMBÉ AMOUREUX DE TOI.
ÇA ME FAIT MAL DE ME DIRE QUE LA FILLE QUE J'AIME PARTAGE UN SECRET AVEC UN AUTRE MEC.
C'EST POUR ÇA QUE J'AI MENTI.
N...
NON !
BLOM
AH !
PAR... PARDON.

TU SAIS, EN SECONDE ...
J'AVAIS FAIT UN MAUVAIS TEMPS À LA COURSE ET J'ÉTAIS VRAIMENT PAS BIEN.
QU'EST-CE QUE TU FAIS TOUS LES JOURS À LA BIBLIOTHÈQUE ?
EH BEN... JE LIS DES LIVRES, POURQUOI ?
AH, AU FAIT ...
TU COURS SUPER BIEN, DIS-MOI.
QUAND ON TE REGARDE D'EN HAUT, C'EST FLAGRANT !
GRIP
CE JOUR-LÀ...

SI TU VEUX CONNAÎTRE LE SECRET DU BAISER, RENDEZ-VOUS DIMANCHE À 13 HEURES DEVANT LA GARE.
SI TU VEUX CONNAÎTRE LE SECRET DU BAISER, RENDEZ-VOUS DIMANCHE À 18 HEURES DEVANT LA GARE.
DU COUP, J'AI REMPLACÉ LE "13 HEURES" INITIALEMENT INSCRIT...
EN "18 HEURES".
POU...
POURQUOI T'AS FAIT ÇA ?!
JE TE L'AI DIT ...
PARCE QUE JE T'AIME.

ALORS MAINTE-NANT QUE TU CONNAIS MES DEUX FACETTES…
EST-CE QUE TU NE VOUDRAIS PAS…
TE RAPPROCHER…
POUR ME REGARDER DE PLUS PRÈS ?
SORS AVEC MOI, KITAZONO…
MOGAMI…
TU SAIS, CETTE CARTE DANS TON CASIER…
CE N'EST PAS MOI QUI L'Y AI MISE.
HEIN ?
J'ÉTAIS LÀ PAR HASARD…
AU MOMENT OÙ "IL" L'A DÉPOSÉE.

LE MOGAMI DE D'HABITUDE VEUT SE FAIRE BIEN VOIR PAR TOI ...
DONC IL S'Y APPLIQUE SÛREMENT ...
ET LE MOGAMI DE TOUT À L'HEURE NE POUVAIT PAS SUPPORTER QU'ON TE FASSE DU MAL...
ALORS IL S'EST APPLIQUÉ À TE DÉFENDRE.
DANS LES DEUX CAS...
MOGAMI, C'EST MOI.
C'EST PARCE QUE JE T'AIME.

FRANCHE-MENT...
IL N'Y AVAIT PAS DE QUOI LES FRAPPER ...
C'EST EUX QUI L'ONT CHERCHÉ, AUSSI...
PTEUH
J'AI L'IMPRESSION QUE...
FROUSH
TU N'ES PAS LE MÊME QUE D'HABITUDE ...
ÇA...

MOGAMI, JE TE PARLE !
GRAB
ぎゅうっ！
BLUSH
があ
GRAP
ぎゅ
PLONK
ぱ
き
OUPS.
Mange, enfoiré !!
JE VAIS TE BUTER !
C'est des malades !
On met les voiles !
MÊME TON CADAVRE, JE LE TORTURERAI !
Je te briserai les os, j'en laisserai pas une miette et puis...
STOP !
VWOUF
どどう
VWOUF
どどうっ

BLA
Hé…
POUR QUI TU TE PRENDS, CONNARD ?!
ERGH !
GRIP
D'OÙ TU TE PERMETS DE LEVER LA MAIN SUR KITAZONO ?!
SI TU T'AVISES DE FAIRE ENCORE ÇA… JE TE BATS À MORT ! T'IMPRIMES ?
VBOM
BLAF
Mo…
MOGAMI !
MAIS… MOGAMI …

VBAM
TU VEUX QUE J'TE MONTRE CE QUE ÇA FAIT ?!
KYAAH !
POM
MO...
MOGAMI ?

BOM
OUILLE...
DÉ...
DÉSOLÉE...
T'INQUIÈTE ! T'INQUIÈTE !
VRAIMENT DÉSOLÉE.
HÉ, MAIS C'EST LA SORTIE, PAR ICI !
BAH QU'EST-CE QU'IL Y A ? TU T'ES ENGUEULÉE AVEC TON COPAIN ?
ET SI TU VENAIS PLUTÔT T'AMUSER AVEC NOUS ?
QUE ME VEULENT CES TYPES ?
LÂ...
LÂCHEZ-MOI !!
VBAF
PLAF
AÏE !
IL T'ARRIVE QUOI, LÀ ?!
OH, NON...

ET SI C'ÉTAIT LE CAS ?
!
DASH
KITA-ZONO !!
C'EST MOGAMI…
QUI M'A EMBRASSÉE ?!
"FAUT PAS SE LAISSER ABATTRE !"
ÇA VEUT DIRE QUE…
J'AI ÉTÉ…
DUPÉE…
PAR CE GARÇON ?

ÇA ME FAIT TELLEMENT PLAISIR D'ÊTRE LÀ AVEC TOI.
TU...
TU TE TROMPES, MOGAMI ...
JE NE SUIS PAS ICI POUR UN RENDEZ-VOUS GALANT ...
JE VOULAIS SAVOIR QUI M'AVAIT EMBRASSÉE À LA BIBLIOTHÈQUE ...
CE N'EST PAS TOI, N'EST-CE PAS ?

TU VEUX ENCHAÎNER AVEC QUELLE ATTRACTION ?
Tiens, du jus de fruits.
EUH... ALORS ! UN TRUC À SENSATION... EUH...
AH.
OK, JE TE SUIS.
QU'EST-CE QUE J'AI À M'EXCITER COMME ÇA, MOI ?!
On a déjà fait pas mal d'attractions, en plus !
À ce moment-là, on pourrait aller...
LE PARC D'ATTRAC-TIONS, C'EST TRÈS DIVER-TISSANT, MAIS...
DÉSOLÉ DE T'AVOIR AMENÉE DE FORCE, MAIS ...

QUOI ?!
GRIP
OH ?
ON Y VA ?
MAIS…
HÉ !!
OÙ… OÙ ÇA ?!
DANS UN ENDROIT GÉNIAL !
MAIS ENCORE ?!
KITAZONO…

Mysterious Honey

Mysterious Honey
Troisième baiser

JE NE T'AI PAS TROP FAIT ATTENDRE ?
EST-CE QU'AUJOURD'HUI...
TU VEUX BIEN ACCEPTER UN RENDEZ-VOUS AVEC MOI ?
MO-GAMI ?!

MON ENQUÊTE N'EST PAS AUSSI SIMPLE QUE DE LIRE UN LIVRE...
ÇA NE SE RÉSUME PAS À DÉCOUVRIR LES PROTAGONISTES AU FIL DES PAGES...
ET À TOUT CONNAÎTRE SUR EUX.
TOUTE CHAMBOULÉE COMME JE SUIS...
01/06 DIM
10:00
EST-CE QUE JE SERAIS...
TOMBÉE AMOUREUSE DE SHINODA ?
QU'EST-CE QUE SIGNIFIAIT LE PAPIER DE L'AUTRE JOUR ?
"LE SECRET DU BAISER"...
CRIITCH
QUI A BIEN PU...

SI TU VEUX CONNAÎTRE
LE SECRET DU BAISER,
RENDEZ-VOUS DIMANCHE À 18 HEURES
DEVANT LA GARE.
QU'EST CE QUE C'EST...
QUE ÇA ?

ON DIRAIT...
QUE MON CŒUR...
VA EXPLOSER...
COMMENT ? MAIS J'ÉTAIS AVEC SHINODA...
IL Y A ENCORE TROIS MINUTES...
UN SOUCI, MEIKO ?

PARCE QUE JE VEUX TE PROTÉGER.
ÇA Y EST...
JE CRAQUE...

MEIKO ?
Je...
JE DOIS RENTRER !
J'AI CHAUD AU VISAGE...
JE RESPIRE... BIZARREMENT...
POURQUOI TU ME SUIS ?!
GRAP
?!

J'AI LE BOUT DES DOIGTS QUI BRÛLE ...
MON PALAIS ME JOUE DES TOURS...
SES YEUX... SA VOIX... SES LÈVRES ...
JAMAIS PLUS...
JE NE POURRAI LES OUBLIER...

COMMENT AI-JE FAIT...
POUR NE PAS ME SOUVENIR...
D'UN GARÇON COMME LUI ?

C'EST TRÈS SUCRÉ...
TU SAIS ...
JE N'EN REVIENS PAS...

CE N'EST PAS MOI QUI EN AI MANGÉ...
MAIS J'AI COMME UN GOÛT...
SUCRÉ DANS LA BOUCHE ...

MES DOIGTS...
ILS EFFLEURENT SES LÈVRES ...

JE SUIS CONTENT…
QUE TU T'EN SOIS SOUVENUE.
QUAND ON ME DIT DES CHOSES MÉCHANTES OU QU'ON S'EN PREND À MOI À TORT…
JE SUIS SIMPLEMENT AGACÉE…
MAIS PAR CONTRE…
QUAND ON ME CONSOLE DE TOUT ÇA OU QU'ON EST GENTIL AVEC MOI…
ÇA ME DONNERAIT PRESQUE ENVIE…
DE PLEURER…
MEIKO ?

MERCI BEAUCOUP !
POUR AUJOUR-D'HUI ...
JE N'AI PAS QUE DES DOUTES...
SHINODA EST VRAIMENT...
ET AUSSI POUR LE JOUR DE L'EXAMEN D'ENTRÉE.
QUELQU'UN...
AH OUI ...
JE T'EN PRIE.
D'ADORABLE.

C'EST ICI.
Ouf...
AH...
EUH...
J'ESPÈRE QUE TU RÉUS-SIRAS...
LE CONCOURS D'ENTRÉE...
GRÂCE À LUI...
HI HI...
JE VAIS FAIRE DE MON MIEUX.
J'AI RÉUSSI À M'APAISER ET À PASSER L'EXAMEN.
SHINODA...

SUIS-MOI ...
IL FAIT FRISQUET, AUJOURD'HUI ...
OU... OUI...
T'AS PAS PEUR D'ATTRAPER UN RHUME ?
PRISE PAR LE TRAC...
ET LA HONTE...
JE NE POUVAIS PAS LEVER LA TÊTE...
UN... UN PEU ...
ET JE LE SUIVAIS EN REGARDANT SON DOS, DE TEMPS À AUTRE.

CETTE VOIX...
ET CE DOS...
LYCÉE DE KANA
JOUR DE L'EXAMEN D'ENTRÉE AU LYCÉE SUIÔ
LE JOUR DU CONCOURS D'ENTRÉE...
TOILETTES DES FILLES
PSHAAA
Ah là là... J'ai le trac...
JE ME SUIS PERDUE...
AH... C'EST... C'EST PAR OÙ DÉJÀ, LA SALLE ? MINCE...
ET J'ÉTAIS INQUIÈTE...
C'EST PAR LÀ.

SUIS-MOI
...
JE
CONNAIS
...

COM… MENT…
SI ÇA SE TROUVE …
J'AI UN RADAR INTÉGRÉ CONÇU POUR TE REPÉRER À TOUS LES COUPS !
BON, ON Y VA ?
TON SAC EST DANS TA SALLE DE CLASSE ?

HAA.
FIOU !
QUEL SOULAGEMENT !
ENFIN JE TE TROUVE !
SHINODA ?!

MEIKO...
BOUCHE-TOI LES OREILLES ET RECULE-TOI.
BLAM

DÈS QUE J'AURAI MANGÉ, IL FAUT QUE JE ME RESSAISISSE.
JE NE DOIS PAS PLEURER POUR SI PEU...
JE NE PLEURERAI PAS...
JE N'AI RIEN À ME REPROCHER ...
SURTOUT PAS...

ME VOILÀ BIEN...
IL COMMENCE À FAIRE SOMBRE... ET FROID...
COMMENT POURRAIS-JE "PRENDRE LA CONFIANCE" ...
ALORS QUE JE NE COMPRENDS RIEN MOI-MÊME...
J'AI FAIM ...
FROUSH
AH, J'Y PENSE ...
LES BARRES ÉNERGÉTIQUES QUE MOGAMI M'A DONNÉES HIER !
Calorie Mate
OPEN
SAUVÉE !

EH BEN T'AS QU'À RESTER SUR LE TRÔNE, DANS CE CAS !
HA HA HA !
JE RÊVE OU ON SE PERMET DE BRIMER SA MAJESTÉ ?!
AH HA HA !
TAP TAP TAP
CE… C'EST PAS VRAI ?!
TCHAC
Il suffit de tirer pourtant…
TCHAC
POURQUOI ÇA S'OUVRE PAS ?!
TCHAC
AÏE !
Mes ongles…
CE N'EST PLUS DE LA BRIMADE, À CE STADE !
EH BEN…

T'AS UNE MINUTE ?
VLAM
TOILETTES DES FILLES
ATT...
C'EST PAS PARCE QUE SHINODA A UN PEU PRIS TA DÉFENSE QU'IL FAUT QUE TU PRENNES LA CONFIANCE !
À CAUSE DE TOI, IL NOUS A FOUTUES DEHORS !
ET LE MEC DU CLUB D'ATHLÉTISME, IL EST POPULAIRE AUSSI !
TU TE PRENDS POUR UNE PRINCESSE, C'EST ÇA ?!
MOI, UNE...

FAUT PAS SE LAISSER ABATTRE !
SI JAMAIS C'ÉTAIT TOI QUI M'AVAIS EMBRASSÉE…
TU POURRAIS FAIRE COMME SI DE RIEN N'ÉTAIT, MOGAMI ?
SÛREMENT QUE NON, HEIN ?
JE ME SENS MIEUX… MERCI !
Mais j'en veux pas autant !
Mange un truc !
Bon, alors ça.
…
DIS…

CADEAU.
QUAND ON EST PAS BIEN ...
LE MEILLEUR REMÈDE, C'EST DE MANGER, NON ?
DÉJÀ HIER, T'ÉTAIS BIZARRE.
ET AUJOURD'HUI NON PLUS, T'AS PAS L'AIR DANS TON ASSIETTE.
JE ME FAIS DU SOUCI POUR TOI ...
TU SAIS ...

BOM
MAIS…
QU'EST-CE QUE C'EST QUE ÇA ?
C'EST REMPLI DE NOURRITURE !
LOTTE
KOOKIE KOALA
BALANCED FOOD
CalorieMate
BLOCK
bee
HIPS

BONNE SOIRÉE !
MOOOO-GAAAA-MIIIII !!!
DADADADADAP
KITA-ZONO ?!
GROUIP GROUIP GROUIP
C'EST PAS TOI, HEIN ?!
HEIN ?! HEIN ?!
DIS-MOI QUE C'EST PAS TOI !
ARRÊ...
KITAZONO !
Tu m'étrangles...
PARDON...
VBAF
PARMI LES QUATRE QUI ÉTAIENT PRÉSENTS À LA BIBLIOTHÈQUE CE JOUR-LÀ, MOGAMI EST LE SEUL DANS MA CLASSE...
ALORS JE PENSAIS QUE CE SERAIT PLUS FACILE DE LUI DEMANDER...
MAIS...
KITAZONO...
TENDS-MOI LES BRAS.

J'EN DÉDUIS QUE TU NE T'EN SOUVIENS PAS…
JE NE COMPRENDS RIEN À RIEN …
À QUI DOIS-JE M'ADRESSER …
ET OÙ DOIS-JE CHERCHER …
POUR OBTENIR UNE RÉPONSE ?
ARGH …
CLUB D'ATHLÉTISME
CLAC
ガチャ
À DEMAIN !
SA-LUT !

CLIC
TU VIENS ICI TOUS LE JOURS.
JE...
MEIKO ...
TU TE SOUVIENS DE LA PREMIÈRE FOIS QU'ON S'EST PARLÉ, TOI ET MOI ?
?
OUI... C'ÉTAIT AVANT-HIER ...
TAC
PERDU !

TU VEUX EMPRUNTER UN BOUQUIN ?
...
QUE...
MAIS CE N'EST PAS...
LE MOMENT...
SHINODA...
POURQUOI ES-TU DEVENU RESPON-SABLE DE LA BIBLIO-THÈQUE ?
EN PLUS, TU N'AS PAS BESOIN DE RESTER APRÈS LES COURS...
TU TE DEMANDES, HEIN ? LA RAISON EST SIMPLE...

Mais...
QUI ÇA ?
ENTENDONS-NOUS BIEN ...
JE POURRAIS TE RÉPONDRE SI JE LE VOULAIS ...
SAUF QUE JE N'EN AI PAS ENVIE.
ALORS CE N'EST PAS MIKOSHIBA ?
POUR QUELLE RAISON A-T-IL MENTI ?
ET PUIS... POURQUOI REFUSE-T-IL DE ME LE DIRE... QUI LUI A...
MEIKO...

J'AI MENTI.
MAIS...
CE N'EST PAS MOI.
JE L'AI SURPRIS PAR HASARD ...
LE MOMENT OÙ "L'AUTRE" ...
T'A EMBRASSÉE ...

C'É...
C'ÉTAIT MA PREMIÈRE FOIS !
MA...
MA TOUTE PREMIÈRE FOIS...
ÇA N'ARRIVE QU'UNE FOIS DANS UNE VIE...
ET ÇA S'EST PAS PASSÉ COMME JE L'IMAGINAIS ...
MON "PREMIER BAISER" M'A ÉTÉ DÉROBÉ PAR SURPRISE ...

Mysterious Honey

Mysterious Honey
Deuxième baiser

Bonjour ! C'est Rei Toma.
C'est le quatrième manga sur lequel je travaille, mais c'est mon premier "tome 1" ! Il y aura donc un tome 2, que vous lirez également... j'espère !! (allons bon, je me retrouve à faire de la pub...)

Bien, bien...
L'héroïne, Meiko, adore lire, et moi aussi, je lis beaucoup de romans qui parlent de meurtres commis dans une pièce fermée de l'intérieur et où l'on découvre que la clé de l'énigme était je ne sais quoi... Bref, ce qu'on appelle les romans policiers. En y repensant, même quand je regarde des dramas, ce qui m'arrive très rarement, c'est souvent ceux où il y a un meurtre et où l'on découvre que le meurtrier, eh bien, c'était untel... Je me dis vaguement qu'il faut que je regarde des histoires un peu plus romantiques, mais bon, on ne se refait pas, et on ne choisit pas ce qu'on aime... Enfin, dans mes mangas, il n'y a pas d'affaire de meurtres (rires), mais j'espère que vous accompagnerez Meiko dans sa recherche du coupable !

MEIKO KITAZONO
Taille : 1m60
Groupe sanguin : A

★ ★ ★

SHINODA !
À MON PETIT CHAT ?
JE N'AIME PAS TROP ...
QU'ON TENTE DE L'APPRI-VOISER À MON INSU ...

SI LE SEUL INDICE...
DONT TU DISPOSES...
TIP
EST UN BAISER, ALORS...
JE T'INVITE À VÉRIFIER ...
QU'EST-CE QUE TU T'APPRÊTES À FAIRE ...
ATT...

HIER...
PENDANT QUE TU DORMAIS.
C'EST MIKO-SHIBA... QUI...

C'EST MOI
QUI T'AI
EMBRASSÉE.
HEIN ?

TOI, ICI…
C'EST MIKOSHIBA…
BON… BONJOUR …
GRI
MAIS… QU'EST-CE QUE TU…

"LA PROCHAINE FOIS, CE SERA MON TOUR !"
"C'EST ÇA, LA PROCHAINE FOIS."
AH...
MAIS POURQUOI...
MON CŒUR EST SI SERRÉ ?
CDI
TAP
はた…
EST-CE QUE SHINODA...
EST LÀ, AUJOURD'HUI ?
AH.
VRAT
ガラ

JE NE PEUX PAS ÊTRE TOMBÉE AMOUREUSE...
JE ME DEMANDE VRAIMENT QUI A BIEN PU M'EMBRASSER ...
GNH ...
BLUSH

JE NE SUIS PAS DU TOUT ...
AMOUREUSE !
...
AH OUI ?
PENDANT UNE FRACTION DE SECONDE ...
J'AI SENTI MON CŒUR SE SERRER.
EN AUCUN CAS...
TAP TAP TAP...
JE N'ÉPROUVE DE L'AMOUR POUR LUI.

GRAP
C'EST QUI, CETTE FILLE ?
AH ! SHINODA ?!
VOUS FAITES QUOI ?
EUH...
ON SE FAIT DES CÂLINS.
HÉÉÉ ! C'EST PAS JUSTE ! LA PROCHAINE FOIS, CE SERA MON TOUR !
Moi aussi !
HI !
HA HA.
C'EST ÇA, LA PROCHAINE FOIS.
GLOUPS
NON...
POM

ÇA NE...
ME DÉPLAÎT PAS...
Dis...
EST-CE QUE C'EST TOI...
TOUT À L'HEURE QUI...
M'A EMBRA...
ET ENSUITE ...
MINCE ! QUELQU'UN APPROCHE !

APRÈS TOUT...
C'EST CRAQUANT ...
ON DIRAIT ...
UN CHAT TOUT PENAUD.

SHI... SHINODA ...
POURQUOI IL ME PREND DANS SES BRAS ?!
QU'EST-CE QUE TU...
JE TE PROTÈGE D'ÉVENTUELS ASSAUTS ...
DES AUTRES TYPES.
EST-CE QUE CE SERAIT SHINODA...
QUI M'A EMBRASSÉE ?
ET SI OUI, QU'EST-CE QUE JE SUIS CENSÉE FAIRE ?

MOI, AMOUREUSE... C'EST IMPO...
SI TU CONTINUES À FAIRE CETTE TÊTE ADORABLE ...
TU RISQUES DE TE FAIRE ATTAQUER.

T'AS LA TÊTE D'UNE FILLE AMOUREUSE, TOI...
QU'EST-CE QUI SE PASSE ?
AMOUREUSE... MOI ?
PAS DU T...
RIEN QU'AVEC UN BAISER... ET EN PLUS DE QUELQU'UN DONT J'IGNORE L'IDENTITÉ...

JE LE SENS ENCORE…
JE M'EN SOUVIENS…
CETTE DOUCEUR…
ET CE GOÛT…
SUCRÉ…
BRR
CLAC
BLOM
C'EST PAS VRAI…
JE N'ARRIVE PAS À ME RELE…
MEIKO ?

J'AI RÊVÉ ?
GLUPS
TAP
CE N'ÉTAIT PAS UN RÊVE...
KITA-ZONO ?
VRAT

LEQUEL DE VOUS QUATRE...
M'A EMBRASSÉE ?!

AÏEUH...
LES LIVRES ME SONT TOMBÉS DESSUS ...
DITES...

KITAZONO !
ON M'A ENCORE CONFIÉ ÇA POUR TOI.
MOGAMI...
MOGAMI !
EH BEN, KITAZONO...
ET HACHIYA...
T'AIMES LES LIVRES, ON DIRAIT !
?!
BLAM
BLOM

HÉ...
MIKOSHIBA !
MIKOSHI...
TAP
AH !
ET SI TU REGARDAIS DEVANT TOI QUAND TU MARCHES ?

LÀ...
À L'INSTANT !
BRAM
QUI ÉTAIT-CE ?!
OUAAH !
BOM

FOUH...
AH...
JE SENS PLUS RIEN...
NON...
ENCORE...

COMMENT LA DÉCRIRE...
C'EST SI... MOELLEUX...
SLUP
MMH...
ET SI...
AGRÉABLE
...

QUELLE DOUCE...
SENSATION...

OUH...
ZZZ
JE DOIS... ROUVRIR LES YEUX ...
ET CONTI-NUER... À LIRE...
ET PUIS ...
FOUH...

GRÂCE AUX GARÇONS …
JE DÉTESTE PEUT-ÊTRE UN PEU MOINS CES YEUX TROP BRIDÉS…
CDI
C'EST CALME, AUJOURD'HUI ET IL FAIT BEAU…
HAA…
QUEL BONHEUR …
MMMH
UN TEMPS IDÉAL POUR LA LECTURE !

HYUP
ALORS...
JE TE VERRAI DEMAIN AUSSI ...
...
OUI...
JE N'AI RIEN EU LE TEMPS DE LIRE...
ET ON S'EST MOQUÉ DE MOI, MAIS...

LE RESPONSABLE DU CLUB TE DEMANDE.
On va sortir pour aller courir.
MERCI... HACHIYA... J'ARRIVE...
OUAAH ! IL EST MIMI ! ÇA DOIT ÊTRE UN ÉLÈVE DE SECONDE QUI FAIT PARTIE DU CLUB D'ATHLÉTISME. IL A LES YEUX QUI TOMBENT...
QUAND LES YEUX DE CHAT ENVIENT LES YEUX DE PANDA
ZYEUTE
BLUSH
EUH... C'EST-À-DIRE QU'ELLE ME FIXE, LÀ !
ON Y VA, HEIN ? MON CŒUR VA PAS S'EN REMETTRE !
WHAA...
BLOM
POURQUOI TU M'AS FRAPPÉ ?!
À PLUS TARD, KITAZONO !
NOUS FERMONS LA BIBLIOTHÈQUE !
ALLEZ, ALLEZ !
MAIS...
J'AI PAS EMPRUNTÉ DE LIVRES...

KITAZONO ! MEIKO KITAZONO !
ENFIN JE TE TROUVE !
AH ?
MORITA, DU CLUB DE LETTRES CLASSIQUES, M'A CHARGÉ DE TE DONNER ÇA…
OH… C'EST LE LIVRE QUE JE LUI AVAIS DEMANDÉ…
MERCI, MOGAMI.
Venir pendant tes heures de club…
AH !
AU FAIT… SI TU VEUX, À LA PROCHAINE COMPÉTITION, TU POUR-RAS VENIR VO…
BLUSH
MOGAMI !

KYÔICHIRÔ EST DU GENRE À TRAHIR LES GENS SANS SOURCILLER. ♡
TOI…
TU VAS ARRÊTER TES REMARQUES DÉSAGRÉABLES BALANCÉES À L'IMPROVISTE SANS PRENDRE EN CONSIDÉRATION CE QUE POURRAIENT PENSER LES GENS.
…
C'EST MOI, OU…
L'AMBIANCE EST DEVENUE … ÉLEC-TRIQUE ?
SHINOBU SHINODA ET KYÔCHIRÔ MIKOSHIBA …
SONT TOUS LES DEUX TRÈS POPULAIRES (SURTOUT AUPRÈS DES FILLES).
C'EST LE JOUR ET LA NUIT, MAIS AU FINAL, ON LES VOIT SOUVENT TRAÎNER ENSEMBLE, AU POINT QU'AU LYCÉE, TOUT LE MONDE CONNAÎT CE DUO.
PAR CONTRE, PERSONNE NE SAURAIT DIRE S'ILS S'ENTENDENT BIEN… OÙ MAL.
VRRAT

EH OUI, QUE VEUX-TU...
LES GENS SONT SENSIBLES À LEURS PROPRES COMPLEXES MAIS SONT INSENSIBLES À CEUX DES AUTRES.
N'Y PRÊTE PAS ATTENTION.
TES YEUX SONT BEAUCOUP MOINS BRIDÉS QUE TU NE LE PENSES.
...
JE LE TROUVAIS FROID À EN FAIRE PEUR, MAIS...
IL VIENT BIEN D'AVOIR DES MOTS RÉCONFORTANTS, NON ?
JE TE CONSEILLE DE NE PAS TE LAISSER ATTENDRIR.

AÏE.
MI... MIKO-SHIBA ! DÉ... DÉSOLÉE !
Ah bah. t'étais là, Kyô ?
C'EST KYÔICHIRÔ MIKOSHIBA, EN TERMINALE, LUI AUSSI !
J'ÉTAIS ENFIN AU CALME POUR POUVOIR LIRE, ET VOILÀ QUE...
TOI AUSSI, TU JOUES LES ÉLÉMENTS PERTURBATEURS ?
MAIS... ELLES SE SONT MOQUÉES DE MES YEUX...

"LES GENS QUI SE MOQUENT DE L'APPARENCE DES AUTRES, JE LES SUP-PORTE PAS."
MAIS C'ÉTAIT QUAND MÊME UN PEU CLASSE, IL FAUT L'AVOUER...
JE MENTAIS PAS...
LES FILLES AUX YEUX DE CHAT, ÇA ME PLAÎT. ♡ J'ADORE LES MINOUS.
BLOF
EN ME TRAITANT DE CHAT, AU FINAL, TU CONFIRMES QUE J'AI LES YEUX TRÈS BRIDÉS ! ET MOI, ÇA ME COMPLEXE ...
MAIS NON !! T'AS RIEN COMPRIS !!
GWIP
GWIP

GET OUT !
BOUHOU...
TAP TAP TAP
DÉSOLÉ POUR LE BRUIT.
T'Y... T'Y ES PAS ALLÉ UN PEU FORT ?
TAC
SHI... SHINODA ...
ÇA M'A SURPRISE...
JE NE L'IMAGINAIS PAS AUSSI DIRECT ...

ON DIRAIT DES YEUX DE CHAT, C'EST TROP CRAQUANT.
QUE...
MOI, LES YEUX DE MEIKO, JE LES ADORE ...
ET PENDANT QUE J'Y SUIS...
ET POUR FINIR...
LES GENS...
QUI SE MOQUENT DE L'APPA-RENCE DES AUTRES...
JE LES SUP-PORTE PAS !
TOC
SI C'EST BIEN RENTRÉ DANS VOS PETITES TÊTES...

DITES... JE PEUX SAVOIR...
CE QUE VOUS ÊTES VENUES FAIRE ICI ?
POUR VOTRE GOUVERNE ...
SI JE SUIS LÀ, C'EST PARCE QUE JE SUIS LE RESPONSABLE DE LA BIBLIO-THÈQUE...
ET PAS POUR FAIRE LA CAUSETTE AVEC VOUS APRÈS LES COURS.
EN CLAIR, SI VOUS VOULEZ REVENIR UNE PROCHAINE FOIS...
TENEZ...
POF!!
VOUS ME LISEZ TOUT ÇA D'ABORD, VU ?

JE LE DÉTESTE.
DEPUIS QU'IL EST PASSÉ RESPONSABLE DE LA BIBLIOTHÈQUE...
MON HAVRE DE PAIX EST DEVENU SON HAREM.
EUH... T'AS VU ? JE CROIS QU'ON NOUS OBSERVE...
VOUS FAITES TROP DE BRUIT !
SÉRIEUX ? C'EST TROP ÉNERVANT !
NON, MAIS SURTOUT...
QUE...
TU TROUVES PAS QU'ELLE EST FLIPPANTE ?! AVEC SES YEUX HYPER BRIDÉS !
BLUSH
...
KYAH HA HA HA HA
HA HA HA!
PAF

DIT "MIAOU" ...
RON RON...
FIGÉE
HÉ ! SHINODA !
OÙ T'ES PASSÉ ?
REVIENS !
POM ぽん
OUI, OUI !
AH.
T'étais où ?
J'avais à faire...
Tu nous as manqué !
Ha ha ha ! Vous seriez pas du genre à pas pouvoir aller aux chiottes toutes seules, par hasard ?
SHINOBU SHINODA... ÉLÈVE DE TERMINALE ...

CDI
J'ADORE LIRE. SURTOUT LES ROMANS POLICIERS.
KKH...
AU POINT QUE TOUS LES JOURS APRÈS LES COURS, JE ME RENDS À LA BIBLIO-THÈQUE.
UGH...
AH !
C'EST CELUI-CI QUE TU VEUX ?
EUH... OUI...
?
D'ACCORD... ALORS...

Mysterious Honey
Premier baiser

JE ME SOUVIENDRAI...
TOUTE MA VIE...
DE CE BAISER...

Mysterious Honey

Sommaire

ISBN : 978-2-82030-493-3

KAZÉ SHÔJO

Rei Toma